AF357433

N° 84 du Catalogue.

FRAZIER-SOYE, GRAV.-IMP., PARIS

CATALOGUE

DES

DESSINS

ANCIENS

&

MODERNES

ŒUVRES

DE

A. BOTH, BOUCHER, COROT, DAGNAN-BOUVERET, DAUMIER,
DEGAS, Eug. DELACROIX, J. DUPRÉ, FORAIN,
H. FRAGONARD, C. GUYS, DE HEEM, JORDAENS, LACNEAU
LAUTREC, LEPÈRE, MILLET, P. MOLYN,
Isaac MOUCHERON, PERINO DEL VAGA, PILLEMENT,
H. ROBERT, RODIN, ROUSSEAU, Gabriel de SAINT-AUBIN,
TIEPOLO, C. & H. VERNET, WILLETTE, etc.

Dont la vente aura lieu

à Paris, HOTEL DROUOT, Salle N° 7

Le Samedi 3 Mai 1913

à 2 heures précises

Par le Ministère de Me ANDRÉ DESVOUGES

COMMISSAIRE-PRISEUR

26, Rue de la Grange-Batelière

Assisté de M. LOYS DELTEIL, Artiste-Graveur, Expert

2, Rue des Beaux-Arts

CONDITIONS DE LA VENTE

Elle sera faite au comptant.

Les adjudicataires paieront *dix pour cent* en sus des enchères.

M. Loys Delteil remplira les commissions que voudront bien lui confier les amateurs ne pouvant y assister.

MM. les Amateurs pourront visiter la collection 2, *rue des Beaux-Arts*, du Samedi 26 au Mercredi 30 Avril 1913, de 2 heures à 5 heures. (*Le Dimanche excepté*).

Exposition Publique, Hôtel Drouot, Salle N° 7, *le Vendredi 2 Mai 1913, de 2 heures à 6 heures.*

N° 163 du Catalogue.

DÉSIGNATION

ADAM (D. L.)

N° 127 du Catalogue.

1. Projet de fontaine : enfants marins soufflant l'eau dans des conques. A l'encre de Chine. *Signé* et *daté : 1779.* Cadre ancien.

H. 478. L. 343.

ALBERTOLLI (Giocondo)

2. Projet de Caissonnages de plafond. A l'encre de chine. Encadré.

L. 272. H. 165.

ALDIN (Cecil)

3. Le Chien et la carpette. Aux trois crayons. *Signé* et *daté* : 1902. Encadré.

H. 368. L. 270.

ALGARDI

4. L'Abondance. A la pierre noire.

H. 400. L. 220.

ANDRÉ DEL SARTE

5. Homme tenant une urne. A la pierre noire. Encadré. Cadre ancien en bois sculpté et doré.

H. 250. L. 155.

ANDRÉ DEL SARTE (attribué à)

6. Buste d'homme imberbe. A la sanguine. Encadré.

H. 230. L. 170.

7. Saint guérissant une malade. A la plume. Encadré.

L. 315. H. 200.

ANDRIEUX (Pierre)

8. Étude de chiens. Peinture. Encadrée.

BABEL (P. E.)

9. Projet d'un buffet d'orgue très orné. Plume et encre de chine. Encadré.

H. 505. L. 335.

BELLOC

10. Tête de jeune fille. Peinture.

BERAIN (attribué à Jean)

11. Travestissements de théâtre. Deux dessins à la plume, lavés d'aquarelle. Encadrés.

BIDA (Alexandre)

12. Le Derviche. Crayon noir. *Signé*. Sous verre.

H. 302. L. 217.

BLONDEL (J. F.)

13. Cybèle invite la Bienfaisance à répandre les biens sur la Terre. Sanguine aquarellée.

H. 375. L. 330.

BONINGTON (École de)

14. Marine. *Peinture*. Encadrée.

L. 405. H. 220.

BCTH (André)

15. Les Koucks. Fragment à la plume d'un dessin qui a été gravé. On y a joint la gravure. Encadré.

H. 145. L. 110.

BOUCHER (François)

16. Alexandre et le nœud gordien. Grisaille. Encadrée.

H. 395. L. 310.

16 *bis*. Nymphe et amours jouant avec des fleurs. Crayon noir et rehaut de blanc. Encadré.

L. 300. H. 200.

CALLOT (Jacques)

16 *ter*. Figure de pélerin. A la plume. Encadré.

H. 340. L. 200.

CARRACHE (Annibal)

17. Deux prisonniers enchaînés. Plume et rehauts de blanc. Encadré.

H. 166. L. 130.

CAUVET (J. P.)

18. Frise : entrelacs et feuilles d'acanthe. A la sanguine. *Signé* et *daté : 1772*. Encadré.

L. 350. H. 155.

CIGOLI (L.)

19. Sainte Catherine. Plume et rehauts de blanc sur papier préparé. Collection Richardson. Encadré.

H. 242. L. 175.

CLÉRISSEAU

20. Les Ruines. Aquarelle. Encadré.

H. 240. L. 200.

COCHIN Fils (C. N.)

21. Funéraille d'un prélat. A la sanguine.

H. 215. L. 165.

CONSTABLE (John)

22. Un moulin. Au crayon noir. Encadré.

L. 280. H. 210.

COROT (J. B. C.)

23. Rome, le Château S' Ange. Fusain. *Signé* et *daté* : 1874. Encadré.

L. 435. H. 277.

CROS (Henri)

24. Homme dormant. Plume et sanguine. Daté : *Janvier 1862.*

DAGNAN-BOUVERET (P. A.)

25. Portrait de Mme P***. A la mine de plomb. *Signé*, dédicace. Encadré.

H. 183. L. 134.

DAUMIER (Honoré)

26. Paysanne en buste. A la plume. Encadré.

H. 170. L. 125.

27. Deux têtes d'hommes. A la plume. *Signé* des initiales. Encadré.

L. 174. H. 140.

28. Avocat plaidant. 2 croquis à la plume, sous un même cadre.

DEGAS (Edgar)

29. Jeune femme de dos, agraffant son corsage. Pastel. *Signé*. Encadré.

H. 295. L. 300.

DELACROIX (Eugène)

29 *bis*. Jeune juive du Maroc. Dessin aquarellé, (catalogue Robaut n° 419). Collection Chéramy. Encadré.

30. Étude pour un S' Sébastien. A la sépia. Cachet de la vente.

H. 327. L. 210.

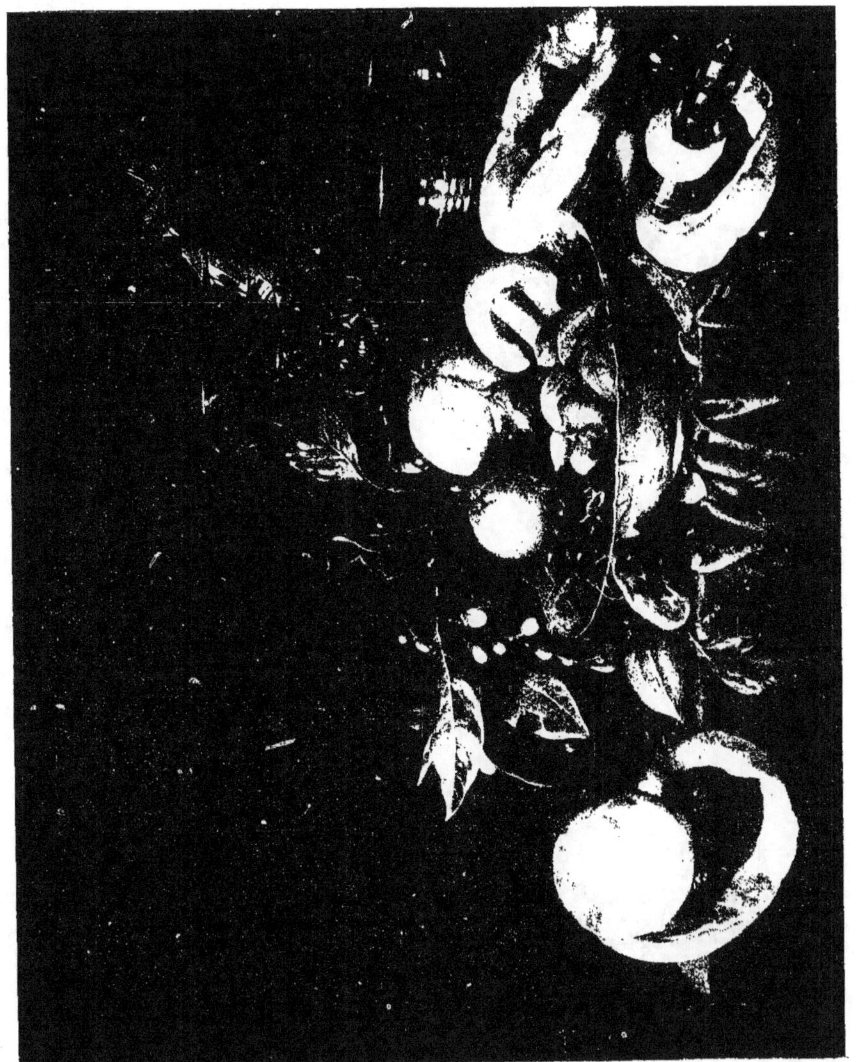

N° 164 du Catalogue.

N° 119 du Catalogue.

N° 132 du Catalogue.

N° 100 du Catalogue.

N° 155 du Catalogue.

31. Études de figures. A la plume. Cachet de la vente.
L. 312. H. 198.

32. Études de figures. A la plume. *20 f^r soir*. Cachet de la vente.
L. 302. H. 196.

33. Études de figures. A la sépia. Cachet de la vente.
L. 310. H. 208.

34. Projet de décoration. Croquis. Deux dessins. Cachet de la vente.

34 *bis*. Études de lion. Au crayon noir. Encadré.
L. 180. H. 120.

35. Étude de cheval (Léopold). Mine de plomb. Cachet de la vente. Encadré.
L. 272. H. 188.

36. Études de fauves. Timbre de la vente. Encadré.

37. Études de fauves. Crayon. Timbre de la vente. Encadré.
L. 286. H. 192.

38. Feuille d'étude : figures et animaux. A la plume. Encadré.
L. 310. H. 180.

39. Études de chevaux, 2 pages d'album (recto et verso), dans le même cadre. Cachet de la vente.

40. Feuillets d'albums : figures, paysages, animaux, 11 feuillets. Titre de la vente. *Ce numéro pourra être divisé.*

DELAFOSSE (Jean-Charles)

41. Projet de porte à colonnes, pour un édifice militaire. A l'encre de chine. Encadré.
H. 295. L. 265.

DELAFOSSE (attribué à J. C.)

42. Projet de façade à trois figures. Plume et encre de chine. Encadré.
L. 285. H. 253.

DE MACHY (d'après P. A.)

43. Vue de la Colonnade du Louvre et des démolitions l'entourant. Plume et sépia.

L. 350. H. 225.

DEVÉRIA (Eugène)

44. Prince Mavromichaelis. *Peinture.* Encadrée.

H. 390. L. 265.

DIAZ (attribué à N.)

45. Fleurs. Peinture. Encadrée.

L. 425. H. 350.

DIVERS

46. Sujets divers, 12 dessins anciens (sauf 2) par P. Testa, Verdier, F. Quesnel, Hennequin, etc.
47. Un fort lot de dessins humoristiques.

DUFRÉNOY

48. Venise, nature morte. Peinture. *Signée.* Encadrée.

H. 890. L. 680.

DUGOURC (J. D.)

49. Réveil du Maréchal de Catinat. A l'encre de Chine. *Signé* du monogramme et *daté : 1776.* Encadré.

L. 360. H. 180.

DUMONSTIER (Daniel) ?

50. Portrait supposé de Marie Touchet. Aux deux crayons. Collection Valory. Encadré.

H. 240. L. 177.

DUPRE (Jules)

51. Album de croquis d'après nature, pris à Ermenonville, Le Raincy, Mortefontaine, etc., 26 dessins au crayon noir.

ECOLE ALLEMANDE (xvie siècle)

52. Un Saint martyr. A la plume. Collection Valory. Encadré.

H. 240. L. 178.

ECOLE ALLEMANDE (xviiie siècle)

53. Projets de pièces d'orfèvrerie : Moutardier et trois
salières. Quatre dessins à la plume, rehaussés
d'aquarelle, dans un même cadre.

N° 27 du Catalogue.

ECOLE ANCIENNE

54. Effet de Soleil. A la plume, lavé d'encre de Chine.
Encadré.

H. 337. L. 215.

ECOLE DE BALE

55. Etude de lansquenet et d'amours. A la plume. Collection Valory. Encadré.

H. 165. L. 128.

ECOLE FLAMANDE (xvii° et xviii° siècles)

56. La Procession. Plume et encre de chine. Encadré.

L. 290.. H. 235

57. Les Espiègles. Crayon noir. Cadre ancien en bois sculpté et doré.

H. 255. L. 170.

ECOLE FLORENTINE (xvi° siècle)

58. Les Musiciens. A la sépia. Collections Vallardi et Valory. Encadré.

L. 335. H. 230.

ECOLE FRANÇAISE (Comm¹ du xvi° siècle)

59. Portrait de Marguerite de Valois, sœur de François I⁰ʳ. Aux deux crayons, de forme octogonale. Encadré. Collection Ch. W.

H. 196. L. 136.

ECOLE FRANÇAISE DU XVIII° SIÈCLE

60. Projet de Calendrier dans un encadrement Louis XVI. Plume et encre de Chine. Encadré.

L. 352. H. 234.

61. Portrait d'Homme, supposé le comte de Provence. A la sanguine. Encadré.

H. 348. L. 255.

62. Portrait d'homme à perruque. A la pierre d'Italie. Encadré.

H. 170. L. 145.

63. En-tête style Rocaille. Plume et sépia. Cadre ancien en bois sculpté et doré.

L. 170. H. 120.

64. Portrait de femme. A la mine de plomb avec rehauts d'aquarelle. De forme ovale. Encadré.

H. 120. L. 90.

65. Vue du pont en construction de Tours, l'avenue de la Tranchée au loin. Plume et encre de chine. Encadré.

L. 465. H. 375.

66. Projet de frise : vase de fleurs, tête de Neptune et attributs marins. Plume et sépia, rehauts d'aquarelle. Encadré.

L. 183. H. 75.

67. Buste de femme âgée. A la sanguine. Collection Valory. Encadré.

H. 254. L. 207.

68. Corbeille de fleurs, projet pour un dossier de fauteuil. Aquarelle, *datée : 1789.* Encadré.

L. 123. H. 120.

69. Triomphe de Vénus. A la pierre noire. Encadré.

H. 220. L. 172.

70. Paysage. Contre-épreuve de sanguine.

71. Château de..... A la plume, lavé d'encre de chine.

L. 300. H. 202.

72. Projet de maison dans le goût oriental pour Talma. Aquarelle. Encadré.

H. 360. L. 234.

73. Projet d'arc-de-triomphe en commémoration de la Révolution. Plume et encre de chine. Encadré.

L. 535. H. 335.

ECOLE FRANÇAISE (Comm^t du xixe siècle)

74. *Coupe transversale d'un Temple à la Gloire à élever sur l'emplacement de la Madeleine. Projet selon le programme donné au concours le 20 décembre 1806.* Plume et lavis. Encadré.

L. 663. H. 252.

ECOLE FRANÇAISE DE 1830

75. Coucher de soleil. Peinture. Encadrée.

H. 265. L. 205.

ECOLE ITALIENNE (xve siècle)

76. Le Jugement de Salomon. A la plume. Collection Valory. Encadré.

L. 285. H. 198.

ECOLE ITALIENNE (xvie siècle)

76 *bis*. Scène de carnage. Plume et rehauts de blanc sur papier rouge. Encadré.

L. 210. H. 190

77. St Christophe. Plume et sépia, rehauts de blanc. Encadré.

H. 260. L. 202.

ECOLE ITALIENNE (xviiie siècle)

78. Deux têtes d'hommes sous le même cadre. Crayon et sanguine.

FORAIN (J. L.)

79. Satire politique. A l'encre de chine, *signé*.

L. 365. H. 245.

80. *Singulière soirée!...* A l'encre de chine, *signé*.

H. 300. L. 228.

80 *bis*. Baigneurs. Au lavis d'encre de chine, *signé*.

L. 385. H. 240.

81. Deux dessins, recto et verso. Encadré.

82. Bourgeoise et artiste. A l'encre de chine. Signé : *f*. Encadré.

H. 450. L. 355.

83. Avocat et Cliente. A l'encre de chine. Signé : *f*. Encadré.

H. 425. L. 320.

84. L'Artiste et son modèle. A l'encre de chine. *Signé*. Encadré.

L. 210. H. 270.

FRAGONARD (Honoré)

84 *bis*. Homme assis et drapé. A la sanguine. Encadré.

H. 300. L. 250.

84 *ter*. Une procession, scène antique. Au crayon noir. Encadré.

L. 200. H. 120.

84 *quater*. Première pensée du Sacrifice de Callirohé.   *305.*
  Plume et sépia.

L. 457   H. 330.

N° 29 du Catalogue

FRAGONARD (d'après H.)

85. Chevali r Sadouvilliers de Billaud. Peinture.

H. 550. L. 445.

FRANÇAIS (J. L.)

86. Paysage. Plume et encre de chine, avec rehauts
  de gouache. Cachet de la vente. Encadré.

H. 305. L. 230.

GUERCHIN (Le)

87. La Vierge debout dans une niche portant l'Enfant Jésus. A la plume. Cachet d'ancienne collection. On y a joint la gravure. Encadré.

H. 335. L. 220.

GOUACHES

88. Ruines Romaines. Gouache. Encadré.

L. 530. H. 380.

89. Paysage. Gouache. Encadré.

L. 305. H. 220.

GOYEN (J. van)

89 *bis*. Bord d'une rivière peuplée de barques. Dessin de la première manière du maître. Plume et aquarelle. Encadré.

L. 290. H. 170.

GREVEDON (Henry)

90. Portrait. Aux trois crayons. *Signé* et daté : 1834. Encadré.

H. 358. L. 270.

GUYS (Constantin)

90 *bis*. *Femmes de Péra*. Plume et aquarelle, le titre manuscrit.

L. 229. H. 155.

90 *ter*. Attelage à quatre chevaux. Au lavis d'encre de chine et de bistre.

L. 242. H. 190.

91. Au Bois de Boulogne. Plume et lavis.

H. 247. L. 136.

HABERMANN (F. X.)

92. Galeries d'un palais. Dessin animé de personnages. A l'encre de chine. Encadré.

H. 210. L. 157.

HEEM (Jean Davidz de)

93. Nature morte. PEINTURE, toile. Signée : *J. De Heem*.

L. 445. H. 345.

HELLMUTH (Bernardus)

94. Projet de plafond et d'entourages de glaces de l'époque Louis XV. Plume et encre de chine. *Signé*. Encadré.

L. 443. H. 295.

HEIM

95. B™ Gérard, en pied. Crayon noir. *Signé* et daté : 1827. Encadré.

H. 330. L. 170.

HOKUSAI

96. Le Pêcheur solitaire tirant son filet, étude à la plume pour une des 36 vues du Fuji. Collections Hayashi et Ikéda. Encadré.

HUET (J. B.)

97. La Vache qui vèle. Crayon avec rehauts de sépia. *Signé et daté : 1792*. Encadré.

L. 200. H. 155.

INGRES (Ecole de)

98. S¹ Georges terrassant le Dragon. Mine de plomb et sanguine. Encadré.

H. 310. L. 287.

ISABEY (Eugène)

99. Une Crypte. Aquarelle. *Signée* et datée : *Londres, 9 juin 1820*. Encadré.

H. 193. L. 140.

100. Paysage. A la mine de plomb. Encadré.

L. 223. H. 130.

ISABEY (attribué à Eugène)

101. Paysage. Aquarelle. Sous-verre.

JACQUEMART (Jules)

102. Les Fleurs. Aquarelle.

H. 226. L. 185.

JODE (Peter de)

103. Frontispice pour un livre religieux. Plume et sépia,
signé. Encadré.

H. 270. L. 184.

JORDAENS (Jacob)

104. Vieillard conduisant un enfant. Crayon noir et
sanguine.

H. 410. L. 253.

104 *bis*. Homme nu agenouillé. Au crayon noir. Encadré.

H. 260. L. 180.

LAGNEAU

105. Portrait de vieillard. Crayons noir et rouge. Encadré.

H. 364. L. 264.

LAGNEAU (attribué à)

106. Buste de femme âgée. Aux crayons de couleurs.
Encadré.

H. 230. L. 170.

LAJOUE (Jacques de)

107. Frontispice : cartouche, rocaille et guirlandes de
fleurs, fond de paysage. A la pierre noire. Encadré.

L. 175. H. 85.

108. Esquisse d'un bas de panneau décoratif avec esca-
lier surmonté d'un sphinx. A la mine de plomb.
Encadré.

L. 230. H. 170.

LA RUE

109. La Famille du Satyre. Contre-épreuve de sanguine.
Encadré.

L. 370. H. 270.

LAUTREC (H. de Toulouse)

110. Cheval, entraîneur et jockey. Aquarelle.

L. 250. H. 175.

110 *bis*. Portrait de Chocolat. Au crayon noir. *Signé* du monogramme.

H. 280. L. 202.

N° 9 du Catalogue.

LA VALLÉE POUSSIN (Etienne)

111. Panneau décoratif. Au centre, frise à figures supportée par un vase tripode. Plume et encre de chine. Encadré.

H. 260. L. 164.

LEBAS (Hippolyte)

112. Paysages. Deux aquarelles sous le même cadre.

LEMERCIER (Charles)

113. Paysages. Deux aquarelles.

LEPÈRE (Auguste)

114. Clocher de Saint-Pierre, Saintes. A la mine de plomb. *Signé*. Sous verre.

H. 180. L. 145.

LE PRINCE (J.-B.)

115. Paysage de Russie. A la sépia. *Signé*. Encadré.

L. 132. H. 090.

116. Deux figures orientales. A la sanguine. Encadré.

H. 220. L. 158.

LOUTHERBOURG (P.-J. de)

117. La Rentrée du troupeau. A l'encre de Chine, de forme ovale. Encadré.

L. 510. H. 385.

MEUNIER

118. Projet d'église dans le goût antique, au milieu d'une grande place animée. Plume et encre de Chine, légers rehauts d'aquarelle. Encadré.

L. 475. H. 315.

MILLET (J.-F.)

119. La Grange. Crayon noir rehaussé de pastel. Griffe de la vente. Encadré.

L. 260. H. 139.

120. Le troupeau autour d'un four à chaux. Crayon. Griffe de la vente. Encadré.

L. 300. H. 197.

121. Croquis de Paysanne. Mine de plomb. Timbre de la vente. Sous-verre.

H. 138. L. 084.

122. Etude de jeune homme nu, étendu à terre. Au crayon noir. Timbre de la vente.

> L. 265. H. 220.

123. Gardeur de moutons et croquis de figures. Crayon noir. Timbre de la vente.

> L. 287. H. 217.

124. Etudes de Figures et de draperies, recto et verso. Au crayon noir. Timbre de la vente. Sous verre.

> L. 288. H. 228.

125. Croquis divers, 5 feuilles de carnet de voyage.

MINIATURES (xvᵉ et xvıᵉ siècles)

126. Saint assisté d'un ange. Miniature. Encadré.

127. L'Adoration des Mages. Lettre ornée. Encadré. Cadre ancien.

> H. et L. 130.

MINIATURES PERSANES (xvıᵉ et xvııᵉ siècles)

128. Le Shah Roustan tuant uu chef tartare. Sous-verre.

129. Scène d'une légende indienne. Sous-verre.

130. Fridougi : Shah Nanch. Quatre miniatures. Sous-verre.

MOITTE

131. L'Amour vainqueur. A la plume. Encadré.

> H. 305. L. 228.

MOLYN (Pierre)

132. Paysage à la barrière. Pierre noire et lavis d'encre de Chine. *Signé* et *daté : 1654*. Encadré.

> L. 200. H. 149.

132 *bis* Un convoi en marche. Au crayon noir. Encadré.

> L. 190. H. 120.

132 *ter*. Paysage au pêcheur à la ligne..... Encadré.

> L. 190. H. 140.

MONNET (Charles)

133. Frontispice pour un livre de géographie. A la pierre noire, sur vélin. *Signé* et *daté : 1762.* Encadré.

H. 305. L. 223.

MONNIER (Henry)

134. Une Bourgeoise. — Cocher anglais. Deux dessins aquarellés, *signés* (le 1ᵉʳ *avec dédicace* à Giacomelli).

MONNOYER (attribué à J. B.)

135. Etude de fruits. A la sanguine. Encadré.

H. 410. L. 292.

MOREAU LE JEUNE (attribué à)

136. Pineau (Fˡˡᵉ Nicole), femme de Moreau le jeune ? Crayon. Encadré.

H. 169..L. 130.

137. Scène antique. A la plume, lavé d'aquarelle. De forme ovale.

L. 270. H. 133.

MORICEAU

138. Monuments antiques. Aquarelle.

H. 304. L. 218.

139. Le même motif. Aquarelle de forme ovale.

H. 178. L. 136.

MOUCHERON (Isaac)

139 *bis.* La Terrasse. — Le Portique au bord de la mer. Deux très belles aquarelles se faisant pendants, *signées.*

Dimensions de chaque pièce : H. 245. L. 190.

139 *ter*. La Cascade Monumentale. — Le Bassin orné
d'un portique. Deux très belles aquarelles, se
faisant pendants, *signées*.

H. 240. L. 165.

139 *quater*. Compositions décoratives pour panneaux.
Deux aquarelles.

H. 160. L. 90.

NICOLLE (attribué à)

140. Vue prise à Tivoli ? A la plume, lavé d'encre de
chine et d'aquarelle.

H. 468. L. 331.

PANNINI (attribué à)

141. Porte monumentale. A la plume, lavé d'encre de
chine et de sépia. Sous-verre.

H. 420. L. 228.

PARMESAN (Le)

142. Deux figures allégoriques. A la sanguine, avec
rehauts de blanc. Collection Triquetti. Encadré.

H. 190. L. 77.

PERINO DEL VAGA

142 *bis*. Trois femmes près d'un arbre. A la plume.
Encadré.

H. 290. L. 180.

142 *ter*. Deux dessins sur une même feuille. A la plume.
Encadré.

H. 280. L. 170.

PERRIN (J. C. N.)

143. Derniers moments de Septime Sévère. Plume et
sépia. Encadré.

H. 284. L. 234.

PÉRUGIN (Ecole du)

144. Groupe de quatre figures. A la sépia. Encadré.

L. 212. H. 198.

PILLEMENT (Jean)

145. Fontaine. Crayon. *Signé* et daté : 1768.

H. 210. L. 158.

146. Etudes de roses. Deux dessins à la pierre noire, (un rehaussé de sanguine). *Signés* et *datés*. Encadrés.

147. Etudes de fleurs. Deux dessins à la pierre noire, *signés* et *datés*. Encadrés.

148. Etudes de fleurs diverses. Trois dessins à la pierre noire, *signés* et *datés*. Encadrés.

PINEAU (Nicolas)

149. Projets de consoles et de cartouches. Sept dessins à la sanguine sur une même feuille. Collection Roger Portalis. Encadré.

L. 432. H. 270.

PRIEUR

150. Projet d'un panneau pour le Salon de Marie-Antoinette à Fontainebleau. Plume et mine de plomb, rehauts d'encre de chine et d'aquarelle. Encadré.

H. 440. L. 210.

PUY (J.)

151. Femme nue assise, lisant. Fusain. *Signé* et daté, 1904. Encadré.

H. 610. L. 450.

RAFFET (A.)

151 *bis*. Dessin politique. Encre et lavis. Encadré.

L. 190. H. 150.

REGNAULT (Henri)

152. Bestrees, le pied de l'Aiguille, oct., 1866. Crayon noir. Encadré.

L. 585. H. 320.

REMBRANDT (Ecole de)

152 *bis*. Le bon Samaritain. A la plume. Encadré.

H. 190. L. 140.

RIBOT (Théodule)

153. Martyre de S' Sébastien. Esquisse peinte. Encadré.

L. 260. H. 190.

N° 110, du Catalogue.

RIDOLFO (Michel de)

154. Femme en prière et étude de tête d'homme. A la
sanguine. Collections Triquetti, J. Barnard et
Utterson. Encadré.

H. 260. L. 180.

ROBERT (Hubert)

155. Le Portique en ruine. A la plume, lavé d'aquarelle.
Encadré.

L. 500. H. 375.

156. La Pyramide au milieu de fragments antiques. A la plume, lavé d'aquarelle. Encadré.

L. 500. H. 375.

157. La Statue équestre au milieu d'une colonnade. A la plume, lavé d'encre de chine et d'aquarelle. De forme ovale. *Signé* et daté : 1757. Encadré.

L. 610. H. 490.

158. Les Monuments antiques. A la sépia. De forme ovale. *Signé* et daté : 1758. Encadré.

L. 610. H. 495.

159. La Danse napolitaine. Plume et aquarelle. *Signé et daté : 1765*. Encadré.

L. 612. H. 384.

RODIN (Auguste)

160. Figure plongeant. A la mine de plomb, lavé de sépia. Encadré.

160 *bis*. Femme nue agenouillée. Crayon lavé d'aquarelle. *Signé* des initiales.

H. 290. L. 187.

160 *ter*. Femme nue couchée, presque de face. Crayon lavé d'aquarelle. *Signé* des initiales.

L. 294. H. 242.

161. Femme nue de face, les mains sur les hanches. Crayon lavé d'aquarelle. *Signé* des initiales.

H. 315. L. 212.

ROSELLI (Cosimo)

162. La descente de Croix. A la sépia. Collection Valory. Encadré.

H. 392. L. 213.

ROUSSEAU (Théodore)

163. Le Bouquet de grands arbres. Crayon rehaussé de pastel. Timbre de la vente. Encadré.

L. 252. H. 146.

164. Sentier menant au Cuvier-Chatillon. Mine de plomb, lavé d'encre de chine. Timbre de la vente. Encadré.

380

L. 260. H. 186.

165. La Vallée entre les grands arbres. A la plume. *Signé*. Collections Sensier et Sedelmeyer. Encadré.

587

L. 175. H. 112.

N° 165 du Catalogue.

166. Buisson parmi les roches. A la plume, rehaussé de gouache. Timbre de la vente. Encadré.

780

L. 176. H. 127.

167. Paysage. A la mine de plomb. Sous-verre. Timbre de la vente.

L. 250. H. 157.

168. Ruines de Château-Gaillard ? A la mine de plomb. Timbre de la vente.

L. 382. H. 232.

169. Dans la forêt de Fontainebleau. Crayon noir. Timbre de la vente.

H. 183. L. 150.

170. Gorge dans les Montagnes. A la plume. Cachet de la vente.

L. 196. H. 162.

171. Sîte montagneux. A la mine de plomb.

L. 298. H. 228.

172. La Hutte du Bucheron. A la mine de plomb Timbre de la vente.

L. 200. H. 123.

173. Paysages. Trois croquis à la mine de plomb. Timbre de la vente.

ROUX-CHAMPION (V. J.)

174. Bords de la Seine (Ile St Louis). Aquarelle. Signée. Encadrée.

175. L'Abside de Notre-Dame. Aquarelle. *Signée*. Encadrée.

L. 500. H. 430.

ROWLANDSON (Th.)

176. Dessin humoristique. Aquarelle. Encadré.

H. 230. L. 190.

176 *bis*. Autre dessin humoristique. Aquarelle. Encadré.

H. 230. L. 190.

SAINT-AUBIN (Augustin de)

176 *ter*. Etudes de personnages. Trois feuilles de croquis. A la pierre noire.

SAINT-AUBIN (Gabriel de)

177. La Conférence des avocats. Dessin au crayon brun, rehaussé de sépia sur un trait léger du premier état de cette eau-forte rarissime. On lit, en bas, de la main de l'artiste : « *G. de Saint-Aubin, inv. et sculp. épreuve du 26 7bre 1776* ». Collection de Goncourt. Cadre en bois doré, époque Louis XV.

H. 175. L. 120.

SANTI DI TITO

177 *bis*. Académie d'homme. Crayon et sépia.. Collec-
. tion Howard. Encadré.

H. 400. L. 225.

SCHUT (Cornélius)

178. Le Triomphe de Jésus-Christ. Plume et encre de
chine.

H. 455. L. 338.

SERVANDONI (J. J.)

179. Projet de salle de spectacle au Palais du Cardinal
de Polignac à l'occasion de la naissance du Dau-
phin de France, le 26 novembre 1729. *Signé*.
Collection Jean Dolent. Cadre ancien en bois
sculpté et doré.

H. 510. L. 480.

SISLEY (Alfred)

180. L'Eglise de Moret. Aux crayons de couleurs.
Signé. Encadré.

H. 298. L. 228.

SODOMA (Le)

181. Evêque et moines en prières. Crayon noir. Encadré.

H. 390. L. 220.

SUNYER (J.)

182. Etude de nu. Crayon noir. *Signé*. Encadré.

H. 320. L. 238.

SWEBACH (attribué à)

183. La Vivandière. Peinture (petite restauration). Encadré.

L. 575. H. 465.

TAUNAY (N. A.)

184. Paysage animé de nombreux personnages. A la
plume. Collection Chennevières. Encadré.

L. 537. H. 312.

TÉNIERS (David)

184 *bis*. Feuille de croquis. Au crayon noir. Encadré.

L. 280. H. 190.

TIEPOLO (J. B.)

184 *ter*. Trois dessins dans un même cadre. Crayon
noir et sanguine.

TIEPOLO (attribué à J. B.)

185. Groupe de six personnages. A la plume. Signé :
Tiepolo fecit. Sous-verre.

L. 190. H. 126.

TROUVILLE (Henri)

186. La vieille paysanne. Fusain.

UDINE (Jean d')

187. Neptune sur un char. Plume et sépia. Collection
N. Hone. Encadré.

H. 268. L. 202.

VANREGEMORLER (Pierre) — DEVAUX

188. Les Maisons au bord de l'eau. Aquarelle — Paysage
montagneux. Encre de chine et sépia. Deux
pièces.

VERDIER (Marcel)

189. Bohémienne, 1851. Peinture. Encadré.

VERNET (Carle)

190. L'Exercice sous la pluie. A l'encre de chine, *signé*.
      Encadré.

L. 270. H. 215.

N° 90 du Catalogue.

VERNET (Carle) ?

191. Paysage de vaste étendue avec figures et animaux.
      Aquarelle. Encadré.

L. 420. H. 320.

VERNET (Horace)

192. La Mort de Poniatowski. A l'encre de chine.
      Encadré.

L. 445. H. 305.

VIERGE (Daniel)

193. Un Spadassin. Aquarelle.

H. 290. L. 227.

VIGNAL

194. Au bord de la Mer. Aquarelle. *Signée* (au verso autre motif). Encadré.

H. 370. L. 260.

VINCENTINO (Andrea)

195. Un couple. Plume et sépia. Encadré.

H. 250. L. 167.

VINCI (Attribué à L. de)

196. Têtes grimaçantes. Deux dessins à la sanguine, sous un même cadre.

VINSAC (Charles-Dominique)

197. Projet de grand vase à anses. A l'encre de chine. Encadré.

H. 453. L. 312.

VŒNIUS (Otto)

198. Emblème sur l'Amour. A la sépia, avec rehauts de blanc. Collection Valory. Encadré.

H. 125. L. 105.

WAILLY (Ch. de)

199. Projet de porte de fond pour une grande salle de réception. A l'encre de chine. Encadré.

H. 360. L. 285.

WATTEAU (Antoine)

200. Portrait supposé de La Reynière. A la sanguine. *225*
Collection Valory. Encadré.

H. 120. L. 106.

WATTEAU DE LILLE (L. J.)

201. Etude de vieillard debout, appuyé sur un bâton.
Crayon noir et rehauts de blanc sur papier bleu.
Encadré.

WILLE (J. G.)

202. *Partie du pont du Diable en Brie.* A la sanguine.
Signé et *daté : 1754.* Encadré.

L. 295. H. 195.

WILLETTE (Adolphe)

203. *Un verre de lait, à une bête malfaisante...* A la *111.*
plume. *Signé.* Encadré.

H. 254. L. 220.

204. Femme et enfant. ETUDE PEINTE. *Signé* du mono- *110*
gramme. Encadré.

H. 187. L. 098.

205. *Gavroche : Manman v'la tes nouveaux conseil-*
lers... Mine de plomb et crayon bleu. *Signé.*
Encadré.

H. 278. L. 227.

206. Moulin de la Galette. Mine de plomb et crayon *151*
bleu. *Signé* et daté : 1896. Encadré.

H. 190. L. 150.

207. Les Pompiers de Londres à Paris. Mine de plomb
et crayon bleu. *Signé.* Encadré. On y a joint un
fac-simile.

H 245. L. 219.

208. Chanteuse de café-concert. Dessin à double face.
Aux crayons noir et bleu. *Signé.*

H. 226. L. 116.

ZUCCARELLI (Francesco)

209. Paysage animé de figures. Sépia et encre de chine,
avec rehauts d'aquarelle et de gouache. Encadré.

L. 330. H. 205.

N° 200 du Catalogue.

www.ingramcontent.com/pod-product-compliance
Lightning Source LLC
LaVergne TN
LVHW012021180726
843502LV00005B/1803